LETTRE D'UN RAT CALOTIN,

A CITRON BARBET,

AU SUJET DE L'HISTOIRE DES CHATS.

Par M. de Montgrif.

Prix est de 8. sols.

ARATOPOLIS,

Chez MATURIN LUNARD, Imprimeur & Libraire du Regiment de la Calotte.

M. DCC. XXVII.

Avec Approbation, & Privilege de l'Etat Major du Régiment.

LETTRE

D'UN RAT CALOTIN,

A CITRON,

BARBET,

AU SUJET DE L'HISTOIRE

DES CHATS.

EN qualité de Commençal de la Maison que vous habitez, quand vous êtes Bourgeois de Paris, je prends la liberté, cher Citron, de troubler le repos que vous goutez à la Campagne, dans le Château de vôtre Maître. Quand vous sçaurez l'attentat commis contre les Chiens, vos très-dignes Confre-

A

res, vous ne ferez point étonné
de ce que j'en adreſſe la plainte
au plus ſenſé & au plus fidéle
des Barbets. Quoique je ſois un
des plus ſignalez Rats du Régiment de la Calotte, ne croïez
pas que les obſervations que
vous allez lire en ſoient moins
éxactes. Je ſuis un Rat Philoſophe,
qui ai pluſieurs logemens dans
Paris, qui vais quelquefois me
repoſer au Caffé de Marion, &
qui de-là me rends dans de très
bonnes Maiſons, où j'apprends à
raiſonner & à parler. Je vais même trois fois la Semaine à l'Académie Françoiſe, pour y apprendre en détail les nouvelles de la
Cour & de la Ville, & de temps
en temps à l'Opera, & aux autres
Spectacles où j'ai l'entrée fran-
che ; Tout cela m'a formé le
goût, & m'a rendu un aſſez joli Rat.

Sçachez donc, cher Citron, qu'on vient d'imprimer à Paris une Histoire des Chats, où les Chiens sont extrêmément mal-traitez. L'Auteur est fort éloigné d'avoir cette juste impartialité qu'éxige l'Histoire; c'est plûtôt un Panégiriste qu'un Historien: il se donne pour le Tite-Live des Chats, lorsqu'il n'en est que le Pline. Quant à moi, cher Citron, ne vous imaginez pas que ma plume soit maniée par la passion, & que je ne suive dans mes réflexions que l'antipatie constante, qui regne entre les Rats & les Chats, depuis leur séjour dans l'Arche de Noé. Non, le seul interêt de la verité m'anime. Peut-être le galant Historiographe rougira-t'il de s'être attiré un petit Censeur de mon espece. Il ne doit pourtant pas ignorer que les plus respectables Ecrivains de l'Antiquité ont eû quelquefois affaire à des Antagonistes que l'audace seule & non l'égalité rendoit leurs Rivaux. Quoiqu'il en soit, à bon Chat bon Rat.

N'attendez pas de moi que je charge cette lettre de citations Européanes & Asiatiques; ce n'est pas que je ne pusse fort bien, à l'éxemple de notre Historien, emprunter de la science, & vous régaler de notes hébraïques & de morceaux d'Algebre, aux dépens de qui il appartiendroit. Qu'en arriveroit-il ? je vous ennüirois, je vous assommerois, & vous ne m'en croiriez pas plus sçavant. Peut-être même, en vous donnant un échantillon de mon Arithmetique, je pourrois bien me tromper dans mon calcul. *

* 2. Lett. p. 28. not. 1. où l'on trouve un calcul manqué.

Je me promenois hier dans la Bibliotheque d'une Dame du voisinage, qui se pique de n'avoir que des Livres d'érudition. Une odeur de maroquin neuf m'attira, je voulus voir ce que c'étoit. Je trouvai *l'Histoire des Chats* proprement reliée : ses feüillets colez ensemble témoignoient qu'elle n'avoit pas encore été lûë, quoique ce fut un present de l'Auteur. J'ouvris le livre : son titre me frapa. J'eus le courage de parcourir l'Ouvrage, & je fus très scandalisé de rencontrer mille citations sçavantes dans un Moderne, qui prouve clairement par son stile, qu'il estime fort celui des Néologues, & qu'il en a le goût au souverain degré. On y trouve le leger & le naturel des *Fables nouvelles* ; mais on ne peut regarder que comme un Phénomene

ignoranto-scientifique , les lam-
beaux latins & grecs coufus à des
Diſſertations calquées ſur les
deſſeins du glorieux Correcteur
d'Homere.

En verité , cher Citron , je ne
ſçaurois trop condamner le pro-
jet d'un Auteur , qui choiſit un
ſujet auſſi peu interreſſant que
les Chats , pour entretenir le Public. Il eſt vrai que cet Auteur allegue l'éxemple de Lucien: peut-
être a-t'il ſon enjouëment. Il
allegue encore le Poëme ſur la
Guerre des Rats & des Grenouil-
les ; Peut-être a-t'il auſſi le ſubli-
me d'Homere. Cela ſe vérifie
dès la premiere page de ſa premiere Lettre.

Je ne m'amuſerai pas , comme l'Auteur , à citer cent volu-
mes que je n'ai jamais lûs , pour
répondre à ceux qu'on amene
au ſecours de la gloire des Chats.

Je me contenterai d'un seul Vers de la Fontaine, qui caractérise parfaitement ces maudits Animaux ; c'est dans la Fable du Singe & du Chat, où il les enveloppe dans la même définition, & dit en parlant de ces deux fripons-domestiques, qui se préparoient à tirer des Marons du feu:

Ils voïoient en ceci double profit à faire,

Leur bien premierement, & puis le mal d'autrui.

Je pourrois entasser ici quelques Vers des *Fables nouvelles* qui ne les traitent pas mieux : mais je ne veux citer que des livres connus & lûs, excepté celui de l'*Histoire des Chats* que je ne puis me dispenser d'extraire quelquefois, pour rendre mes observations plus palpables.

Le prétendu Historien n'y pense pas d'éxalter la Nation Chatte, quand il y a des Chiens dans le monde. A-t'il oublié la finesse &

la legereté des Levriers, la faga-
cité des Braques, la gentilleffe
des Epagneuls, la bonté des Da-
nois, le courage des Dogues, &
enfin la fidelité & la conftance
des Barbets? Que de faits illuftres
& interreffans ne pourroit-on
pas raffembler, fi on s'avifoit de
compofer les Annales Canines?
Le mérite des Chiens ne reffem-
ble pas à celui des Chats; il brille
ailleurs que dans les Greniers.
Allez voir les Monumens les
plus auguftes, les Tombeaux
des Rois & des Héros; vous y
verrez les Statuës des Chiens,
fymboles des plus aimables ver-
tus. Les Chats avec leur phifio-
nomie fourbe & leurs griffes
dangereufes ne pourroient pa-
roître décemment qu'au Maufo-
lée d'un Procureur ou d'un Gref-
fier.

Cependant leur Panégirifte

croit avoir bien établi leur ex-
cellence, en relevant le culte ri-
dicule qui leur étoit affecté chez
les Egyptiens ; mais il a tant d'envie d'étaler son érudition, qu'il
la déplace, & qu'il s'en sert contre ses intentions. Il avilit ses
Idoles, en voulant les relever.
N'est-ce pas effectivement bien
honorer le Dieu Chat, que de
l'associer dans ses collections au
Dieu Pet ?

Ce n'est pas seulement en
cherchant des titres dans l'Antiquité que l'Auteur en rapporte
de contradictoires : il tombe dans
une erreur pareille en citant un
seul Moderne ; c'est Monsieur
de F… dont l'on éloge se trouve
judicieusement mêlé à celui des
Chats. On lit dans la premiere
Lettre qui commence cette Histoire, * que Monsieur de F..,

* Lett. I. Pag. 7.

avoüe qu'il a été élevé à croire, que
la veille de la Saint Jean il ne res-
toit pas un seul Chat dans les Vil-
les, parce qu'ils se rendoient ce jour-
là à un Sabat général ; quelle gloire pour eux ! (ajoûte l'ingenieux
Flateur,) & quelle satisfaction
pour nous, de songer qu'un des pre-
miers pas de Monsieur de F...dans
le chemin de la Philosophie l'ait
conduit à se défaire d'une fausse pré-
vention contre les Chats & à les
chérir !

Dans la septiéme Lettre on
avance que Monsieur de F...
contoit il y a quelques jours, qu'é-
tant enfant il avoit un Chat dont
il s'amusoit extrêmement. Voici la
consequence de cet aveu ; consequence que vous ne devinerez
pas, quoique fort naturelle aux
yeux de l'Auteur, c'est que
dans l'enfance le goût pour les Chats
peut être regardé comme le présage

d'un mérite superieur, (*p.* 102.)
Ainsi quand on vous parlera d'un
Capitaine célebre , d'un pro-
fond Politique, ou plûtôt quand
on vous parlera d'un triple Aca-
démicien, Poëte, Erudit, Alge-
briste, concluez hardiment qu'il
a aimé les Chats dès la bavette ;
& lorsque vous verrez un enfant
avoir cette noble inclination,
dites sans rien craindre , qu'il
sera un jour au moins un Gref-
fier élégant du Tribunal des
Mathématiques. Revenons avec
l'Auteur à ce qu'il conte de Monsieur de F... car nous avons encore dans cette narration un
présage de ses rares talens, qui a
été oublié ; *entr'autres jeux qu'in-*
venta Monsieur de F... étant en-
fant , il imagina de prononcer un
discours qu'il composoit sur le champ.
Ceci par parenthèse démontre
invinciblement qu'il devoit être

un jour grand Orateur, & haranguer souvent dans les Académies ; c'est le présage oublié que je vous ai promis, présage que n'a que trop bien justifié le Recüeil enjoüé d'Oraisons funebres imprimé chez Brunet. *Ne trouvant donc aucune attention dans les autres enfans qui devoient l'écouter, & ne voulant point se passer d'auditoire, il prit son chat, & l'aïant placé dans un fauteüil, l'érigea en Spectateur, &c.* * Mais le Chat s'enfüit, &c. En verité c'étoit là un mauvais augure, & pour peu que Monsieur de F… eût été superstitieux, il ne se seroit jamais mêlé d'autre chose que de compiler des observations sur la Phisique.

Je suprime le reste de ce fait,

---

* L'Auteur a sans doute voulu dire *Auditeur*, mais n'y auroit-il pas plûtôt quelque malice ingenieuse dans le terme de *Spectateur* ?

quoique grave & concluant
pour les Chats. Ce que j'en ai pro-
posé suffit pour former une ques-
tion très-embarrassante. Je suis
fort en peine de sçavoir comment Monsieur de F... qui avoit
été élevé à croire les Chats invi-
tez au Sabat, a pû avant que de
sortir de l'enfance, les choisir
pour être *Spectateurs* de cette élo-
quence, qui devoit un jour célé-
brer si joliment les Algebristes
& les Phisiciens. Dans quel temps
s'est fait le premier pas de ce gra-
cieux Philosophe, dans le chemin de la Philosophie ? Comment
pouvoit-il se familiariser avec
des Acteurs du Sabat & comment, s'il avoit sçû se défaire de
ce préjugé, avant que de porter
la culotte, pouvoit-il, quoiqu'-
enfant, être assez simple pour
haranguer son Chat ? L'Auteur
expliquera sans doute cette diffi-

culté dans sa seconde édition ;
car quoique son Ouvrage n'en
prenne pas fort le chemin, cela
n'empêche pas qu'il ne mérite
d'être revû & corrigé : Au reste
nous lui sommes très obligez de
vouloir bien nous donner des
Anecdotes de la Vie de l'Illustre
Monsieur de F... Puisse-t'il nous
en donner d'autres pareilles.
Nous né doutons point qu'étant
de la nature de celle-ci, elles ne
fussent fort propres à rétablir sa
gloire. C'est apparemment pour
cela qu'il a consenti d'être si-
bien célébré dans l'Histoire des
Chats ; car je suppose que le
nom d'un si grand homme, in-
time ami de l'Auteur, ne s'est
pas trouvé là sans son aveu. Des
Personnes délicates sur la bien-
séance, en ont été un peu scan-
dalisées. Pour moi, je m'en suis
réjoüi, ainsi que de l'éloge de

notre Arlequin *le Signor Tomasi-*
ni , jugé digne , par l'Auteur ,
d'être Prêtre du Dieu Chat.

Les conféquences , que l'Auteur tire de la Divinité des Chats
Egyptiens, ne font pas moins con-
tredites par lui-même. Il rapporte que dans le temps du fé-
jour que firent les Dieux fur les
bords du Nil, où ils fe métamor-
phoferent tous pour éviter la co-
lere des Géans , la chafte Diane prit la figure d'une Chatte mi-
gnonne. * *Ne ferons-nous pas très*
raifonnables , pourfuit l'Auteur ,
de trouver des rapports entre Diane
& fa métamorphofe , & de conclu-
re que les Egyptiens ne l'avoient
imaginée , que parce qu'ils connoif-
foient dans les Chattes des qualitez
convenables à la prud'hommie de la
Déeffe?

Voilà ce qu'il débite galamment dans la premiere Lettre, où il érige toutes les Chattes en autant de Lucreces ; mais dans la cinquiéme Lettre il cite des paroles d'Ariftote ; qui ne s'attendoit pas à l'honorable mention qu'on fait de lui, dans un Ouvrage des plus modernes : Ecoutez le Prince détrôné des Philofophes ; il dit *que * les Chattes aïant beaucoup plus de tempéramment que les Chats, bien loin d'avoir la force de leur tenir rigueur en ce moment, elles leur font d'éternelles agaceries fans ménagement, fans pudeur, au point même qu'elles en viennent à la violence, fi le Matou paroît manquer de zéle.* Ce paffage allegué fans réfutation n'eft-il pas bien favorable à nosDianes des goutieres, & l'Auteur n'eft-il pas un homme *confequent ?*

A propos de goutieres, l'Auteur dogmatique les propofe pour

* Lett. 5. Pag. 82.

être substituées aux Colleges &
aux Académies ; c'est là qu'il pré-
tend *que * nous ferions bien d'aller
chercher de l'éducation* ; c'est là que
nous trouverions des exemples ad-
mirables d'activité , de modestie ,
d'émulation noble , & de haine de
la paresse.* Lorsqu' Annibal ne se per-
mettant aucun repos , observoit sans
cesse Scipion , afin de trouver l'occa-
sion favorable pour le vaincre , quel
modéle avoit-il devant les yeux ? Il
guettoit son ennemi comme le Chat
fait la Souris. Que de noblesse ,
d'agrément & de justesse rassem-
ble cette admirable comparai-
son! Annibal n'est-il pas bien
désigné par un gros Rominagro-
bis, & Scipion, le grand Scipion,
ce sage & brave General Ro-
main, la terreur des Cartaginois,
n'est-il pas encore cent fois mieux
représenté par une petite Souris

* Lett. 6. Pag. 86.

tremblante & fugitive?

Ce que l'Auteur a de bon, c'eſt que le deſir d'être agréable n'ôte rien à ſa ſolidité : Il eſt par tout le même, & ſon ſtile triſtement badin ne ſe dément preſque jamais. Avec quelle force de logique ne prouve-t'il pas la *ſuperiorité* admirable que les Chats ont ſur les Hommes, dans la maniere dont ils enviſagent *la mutilation?* Un genereux Matou privé de l'eſpoir de perpetuer ſa race, ſent vivement l'affront qu'il a reçû, & ſe livre pour le reſte de ſa vie à une profonde triſteſſe : un Chantre Italien au contraire ſurvit fierement à ſa diſgrace, & loin de rougir de ſon ſort, il tranche de l'important & du petit Maître, & oſe même joüer l'homme à bonnes fortunes.

Mais puiſque nous parlons de

Muſiciens , il ne ſera pas hors de propos de vous apprendre que l'Auteur eſt tout-à-fait recréatif ſur le Chapitre de la Muſique des Chats. Il égale ces charmans Matous aux Roſſignols. *Ils étoient admis dans les Feſtins d'E-gypte , dont ils faiſoient les délices par le charme de leur voix :* c'étoient des Thévenards & des Mureres ; les Lullis & les Campras de ce temps-là ne compoſoient point de Muſique qui approchât de celle des Chats. Quel malheur que leur chant ne ſoit pas aujourd'hui plus flatteur que celui des Cignes , vantez ſi mal-à-propos par les anciens Poëtes ! Mais ne pourroit-on pas retrouver quelque choſe de ce chant dans nos Cantates , & certains Compoſiteurs d'Operas nouveaux ne ſemblent-ils pas avoir été conduits par leurs Chats, dans leur récitatif ?

On dit qu'une pareille Musique étoit bien digne du *Scanderberg* , Opera qu'on préparoit, mais qui a été rejetté depuis peu , & dont on pouvoit dire d'avance, comme dans l'Iliade moderne :

> Meurs, ton Nom est ton Arrêt.

Je ne m'étendrai pas davantage sur la contrarieté des faits, & des raisonnemens, qui se trouve dans l'Histoire des Chats : je ne vous rappellerai point non plus tous les Proverbes qui y sont inserez : si ce Livre est aussi rare dans votre Province qu'à Paris , vous pouvez chercher ces Proverbes dans le Dictionnaire de Richelet , & de l'Académie , où ils sont placez dans le même ordre & avec la même grace. Malgré ces défauts l'His-

toire des Chats a dans le monde
cinq ou six Partilans: de célébres
Poûmons l'ont effrontément pro-
née dans les Caffez, & même je
sçais qu'en bonne Compagnie elle a été loüée deux fois; la premiere par esprit de contradiction, &
la seconde , par reconnoissance.
Pour moi qui pense comme le Public, & qui ne suis point fêté dans
l'Ouvrage , je ne puis vanter le
docte Apologiste des Minets ; je
ne puis souffrir la bagatelle insipide , le frivole badinage , & les
fictions sans allusion , sans mo-
rale , sans sel.

Si parmi les Chats il s'est trouvé *un Marlamain* , digne d'amu-
ser une illustre Princesse , cela
n'autorise pas un Ecrivain à
loüer indistinctement tous les
Chats de l'Univers , & à prome-
ner sa plume jusqu'aux Indes.
Un Chat fait pour être aimé, est

un Phénix qui ne prouve rien en
faveur des autres Chats. Je me
flatte, cher Citron, que quelque amateur du Peuple Chien ré-
pondra au loüanges immoderées
de la République Chatte. Mais si
ce juste Défenseur de votre illustre espece veut être entendu, il
doit attendre que l'Histoire des
Chats soit un peu débitée; car je
ne sçais pas comment cela s'est
fait, mais jusqu'à present on m'as-
sûre que le petit nombre d'éxem-
plaires qui a été lû, n'a rien couté
au Public. Que l'ignorance du
Siecle éclate bien dans cette oc-
casion! Peut-on négliger si fort
un Ouvrage tout farci de science, & où l'érudition est semée
avec tant de prodigalité, qu'on
diroit qu'elle coule de source,
& que l'Auteur en a fait la dé-
pense. Je compte fort que notre
très illustre Régiment de la Calotte,

lotte, qui honore le mérite, in-
dépendament des préjugez vul-
gaires, récompenſera libéɾale-
ment l'Auteur, du zele & de l'é-
loquence qu'il a fait briller, en
plaidant la cauſe des Chats, &
l'inſcrira inceſſamment, à côté
de Pantalon-Phœbus, dans le
Tableau enluminé des Avocats
des cauſes paradoxales : en at-
tendant qu'il ſoit jugé digne d'ê-
tre le Confrere de Meſſire Chriſ-
tophle Mathanaſius, nouveau
membre d'un Corps auſſi illuſtre
qu'heterogene.

Je finirai par le recit de ce que
j'entendois dire ces jours paſſez
par un ſçavant Miſantrope logé
dans un Grenier, où je lui rends
de temps en temps quelques vi-
ſites déſinterreſſées.

N'eſt-ce pas une choſe pitoïa-"
ble, diſoit-il, de voir un homme "
d'eſprit, capable de faire de bon-"

„nes études, perdre cinq ou six
„années à compiler, dans les Au-
„teurs Grecs & Latins, tout ce qui
„a pû être dit de bon & de mau-
„vais, de vrai & de faux, au su-
„jet des Chats?

„ Si la prodigieuse érudition se-
„mée dans le livre dont il s'agit,
„n'est pas d'emprunt, elle a dû lui
„coûter au moins un temps aussi
„considerable : Ensorte que pour
„son honneur, j'aime mieux en-
„core dire qu'il a travaillé sur des
„collections & sur des fatras, que
„quelque Pédant lui a communi-
„quez : C'est l'envie de faire un
„Livre, & non une simple Bro-
„chure, sur un sujet miserable,
„qui l'a porté à inferer dans son
„Ouvrage tant de puerilitez sur le
„compte de Monsieur de Fonte-
„nelle ; la Scene basse, platte &
„grossiere du Sieur Hotereau ; le
„conte insipide & extravagant de

Patripatan (dont pourtant un
docte & judicieux Personnage de
ce temps lui a fait part:) la rela-
tion sotte & impertinente du
concert des Cochons ; cette fou-
le de Proverbes bas , qu'il nous
donne pour de belles Sentences;
ces détails grossiers d'une badi-
nerie lascive, sur ce qui se passe
dans les goutieres entre les Chats
& les Chattes ; le tout mêlé d'un
certain *joli pédantisme* qui n'est
point du tout original, & qui paroît avoir été dérobé au Héros
grison des *Ruelles* : il est évident
au moins , que c'est cette folle
envie de publier un Livre de rien,
qui lui a fait recüeillir dans son
Ouvrage tant de Pieces connuës
de tout le monde , telles que les
Vers délicats de Monsieur de
Fontenelle sur les Brunes , &
toutes les Pieces de Madame des
Houllieres , au sujet de Griset

B ij

„te & de Tata ; ce qui compofe
„une bonne partie du Livre.

„　Si l'Auteur étoit un fçavant
„comme moi, on lui pardonne-
„roit peut-être deux ou trois dou-
„zaines de barbarifmes.& de So-
„lecifmes contre la Langue fran-
„çoife, dans laquelle il paroît trop
„peu verfé pour fe mêler d'écrire :
„mais fans entrer dans aucun dé-
„tail de ces Solecifmes, je lui de-
„mande ce que veut dire *joüer des*
„*fraïeurs*, pour dire, faire fem-
„blant d'avoir peur. Quel Alle-
„mand, ou quelle impertinente
„précieufe a jamais parlé ainfi ?
„Ne ceffera-t'on point de nous af-
„fomer de jargon, & de vouloir
„s'ériger en bel efprit, à la faveur
„d'un langage bifarre & infenfé ?

　Jugez, cher Barbet , fi je fus
content de ce difcours hypercri-
tique ? Que deviendrois-je , moi
& tous les autres Rats qui ai-

ment les Livres, (appellez pour
cela Rats Bibliophiles) si les Libraires n'avoient pas soin de
nous fournir de temps en temps
des Livres de l'espece dont est
celui-ci ? Car vous sçavez que
c'est pour nous que ces Livres
s'impriment, & qu'ils se moisis-
sent pour notre subsistance, dans
les Magasins des Libraires, ou
dans les Cabinets des sots qui les
achettent. J'espere que l'Histoire
des Chats, qui étoit d'abord aussi
chere que le Pain en 1725. &
qui est devenuë à très bon mar-
ché, graces aux risées du Public,
me fournira incessamment à moi,
& à mes Confreres, des repas ex-
cellens. Quel plaisir pour un Rat
de manger *les Chats* ! Adieu,
cher Barbet ; j'ai bien d'autres
nouvelles ridicules à vous apprendre ; mais je n'oserois vous
les écrire : je vous prie même de

ne pas publier ma Lettre. La Communauté des Chats qui a du crédit auprès des Puiſſances, & qui eſt fourbe & vindicative, me feroit une cruelle guerre.

On dit qu'une Libraire du Quai des Auguſtins, imprime l'Hiſtoire *des Singes* & *des Guenons*, qu'un jeune Libraire de la ruë S. Jacques imprime celle *des Paons*, qu'un autre imprime celle *des Cocqs*, un autre celle *des Anes*, & un autre celle *des Hiboux* : J'ai envie de compoſer celle *des Rats.*

F I N.